AF454214

VENTE
Des Mercredi 26 et Jeudi 27 Octobre 1910
HOTEL DES VENTES, SALLE N° 12
A DEUX HEURES

EXPOSITION PUBLIQUE
Le Mardi 25 Octobre 1910
DE 2 H. A 5 H. 1/2
✼

FOURRURES

ET

PELLETERIES

COMMISSAIRE-PRISEUR
M° MAURICE MOTEL
22, rue Chauchat

Faillite CHANEL, Négociant en Fourrures et Pelleteries

VENTE AUX ENCHÈRES PUBLIQUES

En exécution d'ordonnance de M. le Juge-Commissaire

DE

FOURRURES ET PELLETERIES

Nombreuses peaux d'astrakan, Loutre, Skungs,
Breitschwanz, Zibeline, Hermine, Martre, Putois, Vison,
Renard gris, Petit gris, Bandes fourrures,
Queues, Chinchilla, Putois, Nappes rats gondins,
Fourrages et Garnitures en Fourrures, Mongolie.

PASSEMENTERIE & FOURNITURES

A PARIS

EN L'HOTEL DES VENTES, SALLE N° 12

Les Mercredi 26 et Jeudi 27 Octobre 1910

A deux heures précises

PAR LE MINISTÈRE DE

Me MAURICE MOTEL

COMMISSAIRE-PRISEUR AU DÉPARTEMENT DE LA SEINE

22, rue Chauchat, à Paris.

EXPOSITION PUBLIQUE

Le Mardi 25 Octobre 1910, de 2 heures à 5 heures 1/2

CONDITIONS DE LA VENTE

Elle sera faite au comptant.

Les adjudicataires paieront *dix pour cent* en sus des enchères.

L'exposition mettant le public à même de se rendre compte de l'état et de la nature des objets, aucune réclamation ne sera admise une fois l'adjudication prononcée.

NOTA. — Les Vêtements en Fourrures confectionnées et soie feront l'objet d'une vente ultérieure.

Paris — Imp. de l'Art, Ch. Berger, 41, rue de la Victoire.

DÉSIGNATION

PELLETERIES

1 — Douze peaux de lièvres.

2 — Douze peaux de lièvres.

3 — Vingt-trois peaux de lièvres.

4 — Dix-sept peaux de lièvres.

5 — Douze peaux de lièvres.

6 — Six peaux de renardeaux.

7 — Six peaux de renardeaux.

8 — Quatre peaux de renardeaux.

9 — Cinq peaux de renards rouge.

10 — Six peaux de renards lustrés.

11 — Huit peaux de renards Virginie.

12 — Trois peaux de renards.

13 — Six peaux pekan.

14 — Sept peaux de loups.

15 — Cinq peaux de loups teintes.

16 — Douze peaux de chats sauvages lustrées.

17 — Quatre peaux de chats sauvages.

18 — Deux peaux de renards lustrées.

19 — Quatre peaux de singes noir et blanc.

20 — Douze peaux de singes.

21 — Quatorze peaux de singes.

22 — Dix peaux de mouflons.

23 — Huit peaux de kangouroos.

24 — Seize peaux de lièvres.

25 — Lot de renards blancs.

26 — Huit peaux de kamtchatkof.

27 — Dix peaux de poulains russes et morceaux.

28 — Dix-neuf peaux de putois.

29 — Trois peaux de putois et quatre peaux de
tomsky.

30 — Dix-huit bandes de loutres.

31 — Vingt-neuf bandes de fourrures.

32 — Quinze bandes de fourrures.

33 — Vingt-huit bandes de queues de visons.

34 — Trente bandes de fourrures.

35 — Vingt-sept bandes de fourrures.

36 — Trente-quatre bandes de fourrures.

37 — Quarante-cinq bandes de fourrures.

38 — Trente-trois bandes de loutres et phoques.

39 — Trente-deux bandes de fourrures.

40 — Vingt et une bandes d'ourson et skungs.

41 — Trente bandes de fourrures.

42 — Trente-trois bandes de fourrures.

43 — Trente-huit bandes de fourrures.

44 — Vingt-trois bandes de fourrures.

45 — Trente et une bandes de fourrures.

46 — Douze bandes de fourrures.

47 — Onze bandes de fourrures.

48 — Douze bandes de fourrures.

49 — Quarante et une queues de petit gris loutrées.

5o — Vingt queues de petit gris loutrées,

51 — Vingt-cinq queues de petit gris loutrées.

52 — Cinquante-trois queues de petit gris loutrées.

53 — Trente-quatre queues de petit gris.

54 — Trente-quatre queues de zibeline.

55 — Deux cents queues d'hermine.

56 — Deux cents queues d'hermine.

57 — Quarante têtes et lot de queues.

58 — Cent queues de visons.

59 — Cent queues de visons.

6o — Cent queues de visons.

61 — Quarante-sept queues de renards et autres.

62 — Lot queues de visons.

63 — Lot queues de visons.

64 — Lot queues de visons.

65 — Dix-neuf queues de renards.

66 — Vingt et une queues de renards.

67 — Vingt-huit têtes naturalisées.

68 — Trente et une têtes naturalisées.

69 — Soixante-dix queues diverses.

70 — Trois peaux de renards croisés.

71 — Trois peaux de renards.

72 — Deux peaux de renards gris.

73 — Deux peaux de renards gris.

74 — Deux peaux de renards gris.

75 — Deux peaux de renards gris.

76 — Deux peaux de renards silka.

77 — Trois peaux de renards silka.

78 — Deux peaux de renards gris.

79 — Deux peaux de renards silka.

80 — Quatre peaux de renards silka.

81 — Deux peaux de renards zibeline.

82 — Deux peaux de renards zibeline.

83 — Deux peaux de renards pointillés.

84 — Trois peaux de renards du Japon.

85 — Trois peaux de renards gris.

86 — Trois peaux de renards gris.

87 — Deux peaux de renards pointillés.

88 — Deux peaux de renards pointillés.

89 — Une peau et un morceau de renard.

90 — Une étole de renard.

91 — Vingt-trois peaux breitschwanz Persisky.

92 — Dix peaux breitschwanz.

93 — Vingt-trois peaux breitschwanz.

94 — Vingt-quatre peaux breitschwanz.

95 — Dix peaux breitschwanz.

96 — Dix-sept peaux breitschwanz.

97 — Vingt-cinq peaux breitschwanz.

98 — Vingt-neuf peaux breitschwanz.

99 — Dix-huit peaux breitschwanz.

100 — Quatorze peaux breitschwanz.

101 — Onze peaux breitschwanz.

102 — Dix-huit peaux breitschwanz.

103 — Vingt peaux breitschwanz.

104 — Vingt peaux breitschwanz.

105 — Dix peaux d'astrakan.

106 — Cinq peaux d'astrakan.

107 — Quatre peaux d'astrakan.

108 — Cinq peaux d'astrakan.

109 — Huit peaux d'astrakan.

110 — Six peaux d'astrakan gris.

111 — Vingt-quatre peaux de rats musqués.

112 — Vingt peaux de rats musqués.

113 — Vingt-quatre peaux de rats musqués.

114 — Vingt-six peaux de rats musqués.

115 — Soixante-dix-sept peaux de taupes.

116 — Treize peaux de chinchillas.

117 — Quatorze peaux de chinchillas.

118 — Vingt-quatre peaux d'hermine.

119 — Vingt-quatre peaux d'hermine.

120 — Vingt-quatre peaux d'hermine.

121 — Vingt-six peaux d'hermine.

122 — Vingt-quatre peaux d'hermine.

123 — Quinze peaux d'hermine et morceaux.

124 — Sept peaux de vison.

125 — Dix peaux de vison.

126 — Six peaux de vison.

127 — Neuf peaux de vison.

128 — Douze peaux de vison.

129 — Treize peaux de vison.

130 — Neuf peaux de vison.

131 — Huit peaux de vison.

132 — Treize peaux de vison.

133 — Treize peaux de vison.

134 — Onze peaux de vison.

135 — Sept peaux de vison.

136 — Cinq peaux de vison.

137 — Huit peaux de vison.

138 — Cinq peaux de vison.

139 — Trois peaux de vison.

140 — Huit peaux de vison.

141 — Dix-huit peaux de skungs.

142 — Quarante peaux de putois baïkal.

143 — Quarante peaux de putois baïkal.

144 — Quarante peaux de putois baïkal.

145 — Quarante-neuf peaux de putois baïkal.

146 — Vingt-neuf peaux de putois baïkal.

147 — Cinquante-neuf peaux de putois baïkal.

148 — Quarante-sept peaux de vison d'Amérique.

149 — Vingt-quatre peaux de vison d'Amérique.

150 — Dix peaux de vison d'Amérique.

151 — Quarante-trois peaux de vison d'Amérique.

152 — Cinquante peaux de vison d'Amérique.

153 — Treize peaux de vison d'Amérique.

154 — Vingt-deux peaux de vison d'Amérique.

155 — Vingt-deux peaux de vison Irbit.

156 — Trente-deux peaux de vison Irbit.

157 — Dix peaux de rats gondins.

158 — Quarante-sept peaux de rats gondins.

159 — Neuf peaux de vison.

160 — Huit peaux d'oppossum et skungs.

161 — Sept peaux diverses.

162 — Quatre peaux de martre.

163 — Trois peaux de martre.

164 — Deux peaux de martre.

165 — Quatre peaux de martre.

166 — Quatre peaux de martre.

167 — Cinq peaux de martre.

168 — Deux peaux de martre.

169 — Deux peaux de martre.

170 — Quatre peaux de martre.

171 — Quatre peaux de martre.

172 — Cinq peaux de martre.

173 — Cinq peaux de martre.

174 — Deux peaux de martre.

175 — Quatre peaux de martre.

176 — Quatre peaux de martre.

177 — Quatre peaux de martre.

178 — Deux peaux de martre.

179 — Quatre peaux de martre.

180 — Quatre peaux de fouine.

181 — Quatre peaux de fouine.

182 — Quatre peaux de fouine.

183 — Quatre peaux de fouine.

184 — Une cravate de zibeline.

185 — Deux peaux de zibeline.

186 — Deux peaux de zibeline.

187 — Deux peaux de zibeline.

188 — Deux peaux de zibeline.

189 — Trois peaux de zibeline.

190 — Deux peaux de zibeline.

191 — Deux peaux de zibeline.

192 — Deux peaux de zibeline.

193 — Deux peaux de zibeline.

194 — Trois peaux de zibeline.

195 — Trois peaux de zibeline.

196 — Trois peaux de zibeline.

197 — Trois peaux de zibeline.

198 — Trois peaux de zibeline.

199 — Trois peaux de zibeline.

200 — Deux peaux de zibeline.

201 — Deux peaux de zibeline.

202 — Deux peaux de zibeline.

203 — Deux peaux de zibeline.

204 — Deux peaux de loutre.

205 — Une peau de loutre.

206 — Une peau de loutre.

207 — Trois peaux de loutre.

208 — Une peau de loutre.

209 — Un lot morceaux de loutre.

210 — Dix nappes de lapin.

211 — Neuf nappes de lapin.

212 — Un lot morceaux d'hudson.

213 — Trois peaux de moutons et morceaux.

214 — Une peau de mongolie.

215 — Cinq peaux d'agneaux blancs.

216 — Un morceau de kid.

217 — Six fourrages flancs de visons.

218 — Dix fourrages de vison d'Amérique.

219 — Trois peaux de castors des Indes et morceaux.

220 — Trois morceaux fourrages de visons d'Amérique.

221 — Un fourrage de chevrette.

222 — Une peau de mouton blanc.

223 — Une peau de mouton noir.

224 — Un fourrage de kid naturel.

225 — Quatre peaux de chevrette.

226 — Un fourrage ventre de petit gris et un fourrage peau de chat.

227 — Un sac de petit gris lustré.

228 — Un lot morceaux de kid.

229 — Dix-neuf peaux diverses.

230 — Dix-neuf peaux de martres.

231 — Lot de manches et fourrures.

232 — Sept peaux de cygnes.

233 — Cinq peaux diverses.

234 — Un panneau de peaux diverses.

235 — Un lot de lapin blanc et herminette.

236 — Un lot de morceaux.

237 — Une peau d'ours noir.

FOURNITURES

238 — Lot de ouatine.

239 — Quatre peaux de cuir.

240 — Lot de chaînettes, boutons.

241 — Lot de galons et passementerie.